청어詩人選 402

왕벚나무 그늘에서

김 종 륭 시 집

왕벚나무 그늘에서

김종륭 시집

시인의 말

까까머리 중학생 때
국어 선생님께서 교실 칠판에
'4월'이라고 시제를 썼다
그길로 문예반에 들어가
시 쓰겠다고
중앙시장으로 미호천으로 쏘다녔다

그리고
50여 년이 지나
지금 여기까지 왔다

부끄럽게도
첫 시집을 엮어
그대에게 보낸다

왕벚나무 그늘에서

2023년 여름
김종룡

차례

2부 왕벚나무 그늘에서

3부　겨울 풍경화 속으로

4부　다시 봄을 기다리며

1부

벚꽃 피는 봄

봄날은 온다

겨울이 머무는 공원 사거리
둥글게 접힌 그늘막 겉포장에
짧은 문장이 쓰여 있다

'따뜻한 봄이 오면
다시 펼쳐집니다'

아, 봄
봄이라는 말을 보는 순간
첩첩산중 숨었던 봄이
금세 달려올 것만 같다

봄날에
그늘막이 다시 펼쳐질 때
둥근 그늘막 아래 모인 사람들
다같이 마스크 없는 맨얼굴을
환한 얼굴을
마주보면 좋겠다

오월

사람들 분분히 오가는 도청 사거리

그 틈에서 그녀가 오고 있다

백설의 크리스마스트리 같은

마로니에 꽃이 피어났다

봄바람 불고 마로니에가 통째 흔들렸다

도시에 어둠이 깔리면

오가는 사람 없이 적막한 도청 사거리

그녀가 쓸쓸히 떠나고 있다

백설의 크리스마스트리 같은

마로니에 꽃이 지고 있었다

사랑 고백의 문

원봉공원에서 효성아파트까지
아파트 사잇길 소담길에는
옹벽을 따라 그림이 그려져 있고
그 중 눈길을 끄는 건
사랑 고백의 문이다

네모난 문 안에서
꽃다발을 한아름 안은 남녀가
목젖이 보일 만큼
함빡 웃고 있는 그림

그 그림을 보면서 생각한다
거창한 사랑 고백이 아니라도
지금 내 곁에 있는
사랑하는 이에게
사랑한다 말해보자고

너무 늦지 않게
후회하지 않게

장모님의 수건

장인어른 떠나신 지 5년 만에
장모님 세상 떠나시고
유품을 정리하던 아내가
장롱 속에서 찾아낸
빛바랜 종이박스 하나
그 안에는
장모님이 오랜 세월 모아둔 수건들이
무슨 기념이라고 글씨 선명한 그대로
차곡차곡 쌓여있다

알뜰하게 살다 가신 장모님의
보물 같은 수건을
아내가 빨아 화장실에 걸어놓았다

세월을 거스른 수건 속에서
장모님 웃음이 함빡 피어난다

시

찾으려고 하면
숨어버리는

잊으려고 하면
슬며시 찾아와
어깨를 툭툭 건드리는

한 번 빠지면
헤어날 길 없는

지독한 사랑

빈집과 거미

오래 비워 둔 고향집에 들렀습니다
먼지 쌓인 물건을 대충 정리하고
소변보려고 화장실에 들어가
소변기 중앙을 정조준
발사하는데 아차차!
거미 한 마리가 재빠르게 도망쳐
가장자리로 숨는 겁니다

거미줄 가운데 날파리 한 마리
거미는 그곳에서 만찬 중이었던 거지요
괜스레 미안한 마음이 들었습니다
거미에게는 소변 줄기가
얼마나 큰 장대비였을까요
다시 날파리에게 다가가는 거미를 보며
슬그머니 화장실 문을 닫고 나왔습니다
이제 빈집은 거미의 집이 되었습니다

벚꽃놀이

3월, 봄 빛살 내리는
요양병원 모퉁이 임종실에서
어머니께 작별 인사드리는
아내의 눈물꽃이 하얀 시트를 적십니다

4월, 올해도 벚꽃은 피어
무심천 둑길은 그림처럼 꽃길입니다

장모님 모시고 무심천 한 바퀴 돌던
지난해 벚꽃놀이
열린 차창으로 꽃잎 날아들 때
웃음꽃 날리시던 장모님의 쓸쓸한 빈자리에
아내의 눈물꽃 피어납니다

둑길 아래 무심천 강물은
꽃상여 같은 벚꽃 몇 장 싣고
금강으로 서해로 무심히 흘러갑니다

너와 나

서소문성지 역사박물관 전시실 초입에
눈길을 끄는 군상이 서 있다
두 사람 사이에는 어깨너비 만큼 공간이 있고
마주 보고 있다

멀리서 보면 닿을 것 같지만
가까이 가 보면 떨어져 있는 기찻길처럼
우두커니 서 있는 두 사람

우리는 서로 다름을 인정할 때
속마음을 내보일 수 있고
손을 내밀 수도
포옹할 수도 있다고
군상은 말없이 보여준다

전시실을 나오면 서소문 밖 네거리
저잣거리에 분주히 오가던 조선 사람 다 어디 가고
나는 지금 어디쯤 서 있는 걸까
누구를 마주 보고 서 있는 걸까

연꽃과 물총새

햇볕 따가운 대낮
작은 연못에 물총새 한 쌍
분홍색 연꽃 봉오리에 앉아
짝짓기 한다

암컷은 몸을 낮추고
수컷은 갈기 세우고

순간, 허공에는
솜털 같은 파동이 일고
연꽃 줄기 가볍게 떤다

물총새 총총히 날아가고
분홍색 연꽃이 활짝 피어난다

카페라떼와 시

스타벅스에서
카페라떼 한 잔 앞에 두고
시집을 읽는다
입 큰 머그잔 안에는
커피꽃 한 송이 피어 있고
시 한 편 읽을 때마다
한 모금씩 마시며 본다

커피잔 안쪽 벽면에는
구석기시대의 동굴 벽화처럼
둥근 테가 켜켜이 새겨져 있다

열 편의 시를 읽고 지나간
열 개의 흔적
커피색으로 흘러내린 둥근 테는
시의 운율로 굴러가고
테와 테 사이 여백은
순백의 여운으로 남아 돌고 돈다

퇴근길

정든 일터에서
마지막 퇴근하는 길
동료들과 소주 한잔 걸치고
택시를 탔다
차창 밖 낯익은 간판들이
낯설게 낯설게 스쳐 지나간다

상가 옛날 빵집에 들렀다
찜통 뚜껑이 열릴 때 뽀얀 수증기 속에서
아버지 모습이 떠올랐다
강습장에 다녀오실 때면
크림빵 봉지를 어린 아들에게 건네주시던
아, 아버지

찐빵 봉지를 손에 쥐고
아파트 로비에 들어서며
내가 나에게 말해준다
애썼다 애썼다고

각연사

가슴 서늘한 늦가을에는 절집 찾아 떠나도 좋을 거야
괴산군 칠성면 태성 마을에서 단풍 물든 십리길 가면
칠보산과 보개산 사이 계곡 언저리에
고즈넉이 펼쳐진 각연사가 나올 거야
돌담을 따라 오르면 비로전
문 살포시 열면 비로자나불이 보일 거야
천오백 년 전 연못에서 나와
둥근 눈썹에 눈 가늘게 뜨고
귀는 목 길이만큼 내려오고
입술 빨갛게 도드라진
해탈한 스님처럼 돌연꽃 위에
결가부좌로 앉아 게시지
문밖에는 빗질 자국 선명한 너른 마당에
보리수나무 하나 서 있을 거야
떠나기 아쉬우면 비로전 앞에서 사진 한 장 찍어도
좋겠지
배경에 작은 비로자나불이
반짝 빛나고 있을 거야

4월

새싹이 돋았네
오솔길가에

깊은 숲 시냇가엔
버들개지 춤추고

파랑새 지저귐은
봄을 불러 왔다네

4월이라 봄비가
봄을 뿌려 놓았네

골짜기 냇물 속
바위틈에도

*중학생 때 이 시를 쓰고 문예반에 들어갔다

고해성사

부활절을 앞둔 고해성사
어두운 성당에 앉아 차례를 기다리며
헤아리는 고할 죄

아! 어쩌랴
죄 많은 나의 민낯
희미한 십자고상도 똑바로 보지 못하고
뙤약볕에 늘어진 고춧대마냥
아래로 아래로 머리가 수그러진다
고해소가 가까워질수록
심장의 파장은 커져만 간다

절망 끝에 희망의 불씨가 솟아나듯
고해성사는
내 가슴 속 뭉그러진 양심의 톱니바퀴를
칼처럼 예리하게 세워준다

성당을 나서는데
종탑 위에 달무리 진 보름달이
예수님처럼 환한 얼굴로
나를 내려다본다

고마리

아기자기 피어 있는
고마리 꽃처럼

사람들이 오손도손
살아갈 것 같은

음성에서 괴산 가다 보면
작은 안내판에 쓰여 있는

한 번쯤 가보고 싶은 마을
고마리

것대산에서

마른 잎새 밟으며
봄산을 오른다

청주 시내가 한눈에 들어오는 것대산 정상
패러글라이딩 활공장으로
이정골 골 따라 봄바람이 불어온다

봉수대 옆 암벽에
작은 위령비 하나 박혀있다
20년 전 봄
27세 비행사가 패러글라이더와 함께
이곳 것대산 창공에서 스러졌다고

그는 2002년 비행을 멈추었지만
오늘도 새로운 도전을 꿈꾸며
것대산을 박차고 오르는
청춘의 비상을 지켜줄 것이다
끊임없는 응원의 눈길을
하늘에서 보내고 있을 것이다

암벽 위령비 앞에
진달래꽃 몇 송이 피어나고 있다

여백의 시

헌책방에서 구해온
시집을 펴는데
책장과 책장 사이
하루살이 한 마리 들어있다

빛바랜 종이에 남은 활자
빛바랜 나날에 남은 하루살이

어느 무더운 여름날
형광등불에 이끌려왔다가
시집을 덮는 순간
느닷없이 마감한 생

화석 같은 하루살이는
여백의 시로 빛나고 있다

사월 고개 넘어간다

팽목항 난간에 매달린 노란 리본들
봄바람에 파르르 떨린다
삼 년이 흘렀다
눈으로 보고도 믿기지 않던 세월호 침몰

참사의 진실도 모르는 채, 세월호는
차디찬 벵골수로 바닷속에서
힘겹게 올라왔다

삼 년 만에 엄마 품에 돌아온 고 백승현 군 가방에는
맛있는 것 사 먹으라고 준 만 원권 다섯 장
일회용 안경렌즈
이름 석 자 선명한 학생증이 있어
엄마 가슴 또 무너진다

이 세상에 못다 핀 애련한 청춘들
끝끝내 잊지 않고 기억하겠다
영혼의 안식을 빌고 또 빈다

산벚꽃잎 흩날리는
사월 고개 넘어간다

돌아온 탕자처럼

돌아온 탕자처럼
주님 품에 안겨
뜨거운 눈물을 흘리네

60여 년 생애가
은총 속의 삶이었음을

거저 받은 은총에
감사도 모르고 살아온 세월

주님께 가까이 다가가며 알았네
죄로 얼룩진 영육을
당신이 흘리신 물과 피로 씻어주심을 알았네

나 이제
돌아온 탕자처럼
주님 품에 안겨
뜨거운 눈물을 흘리네

남주동 쇠전의 추억

전국에서 손꼽히는
남주동 쇠전의 흑백사진 속에
소 팔러 나온 농부와
흥정 붙이는 쇠살주와
장돌뱅이 소몰이꾼과
소
그 옆 아이 업은 아낙네

그리움이 꿈처럼 묻어날 때
지금은 지워진 거리
남주동 쇠전을 찾아간다
자유극장 골목 모퉁이에 주저앉아
그 시절 쇠전거리
정겨운 장터 사람들
아련한 가슴에 그려본다

성체조배

슬픈 달빛이 흐르는
성금요일 고즈넉한 성당
요셉방에 촛불 밝히고
감실을 하염없이 바라보는데

이천 년 전
폭풍전야 같은 밤
올리브 산에서 피땀 흘리며
기도하는 예수님과
한 시간도 깨어 있지 못한 채
지쳐 잠든 제자들이 보이고
예수님을 팔아넘길 유다와 한 무리의 사람들이
올리브 산을 오르고 있네

성당 밖에는
새벽을 가르며 자동차가 질주하고
성체 같은 보름달은
느릿느릿 서산으로 기우네

회화나무

칠월 중복 날
햇살이 마술처럼 퍼지는 오후

회화나무는 아파트 담장 너머
흰연두꽃을 사뿐히 떨어뜨리고 있네

흐드러진 회화나무 꽃 숲에서
곱게 차린 선비가 뚜벅뚜벅 걸어 나와
님 계신 한양 땅에 과거 보러 떠나네
그 선비,
어사화 꽂고 귀향하길 빌어 주겠네

보도블록에 소복이 깔린 흰연두꽃을
아이들이 재재거리며
가볍게 밟고 가네

2부

왕벚나무 그늘에서

타이어 화분

카센터 울타리 옆에
타이어 화분이 놓여 있다

빨간 장갑을 낀 주인장은
새 타이어를 굴리며
돈벌이에 바쁘고
구르고 굴러 돌아온 폐타이어는
허기진 배를 흙으로 채우고
고즈넉이 누워
토마토를 피워올렸다

울타리 키만큼 자란 토마토는
폐타이어 마음을 아는지
빨간 열매를 둥글게
둥글게 매달고 있었다

까치집

겨우내 까치 부부는
메타세쿼이아 나무 꼭대기 층에 집을 짓고
봄부터 새끼를 길렀다

늦봄 비바람 몰아치던 밤
까치집은 무너져 내리기 시작했다
속수무책 까치 부부는
아래층 헌 집으로 새끼를 옮기고
보수공사를 시작했다
비바람 속에서 날이 새고 저녁이 올 때까지
나뭇가지를 물어다 둥근 집을 지었다

어린 까치는 그예 살아남아
초여름 하늘로 날아올랐다

늦가을
까치집 빈 둥지엔 쓸쓸한 바람만 지나고
메타세쿼이아 마른 잎이 비처럼 날릴 때

까치 관찰기는
파노라마처럼 가슴에 새겨지고 있었다

왕벚나무 그늘에서

아파트 화단에 자리 잡은
왕벚나무 한 그루
유월의 햇살 아래
제 몸만 한 그늘을 달고
까만 열매를 톡톡 떨어뜨리고 있다

가지 떠난 열매는
지난봄을 기억하는지
벚꽃 낭자하던 그 자리에서
한 폭 수묵을 친다

장맛비 내리고
투명 물감처럼 번지는 빗방울에
서서히 지워져 가는 수묵화

가을이 오면
바람에 지는 단풍잎으로
다시 그림을 그릴 것이다
한 폭 담채화를 그려놓고
쓸쓸히 서 있을 것이다
왕벚나무는

늦가을 단풍놀이

어머니와 늦가을 단풍놀이 간다
잘 보시라고 차 앞자리에 모셨는데
작은 체구에 갑갑하신지 안전벨트를 끌어안고
차창 밖을 내다보신다
송계계곡을 지날 때
노랗고 빨간 단풍잎들이 여린 햇살에
반짝반짝 날리고 있다
어머니는 어린아이처럼
단풍 참 곱다 하신다
덕주사 입구 월악산장에서
감자전과 도토리 묵밥을 드시는
어머니 모습을 찬찬히 바라본다

어머니와 단풍놀이가
얼마나 남아있을까

월악나루 지나 집으로 오는 길
구순을 넘긴 어머니가 한말씀 하신다
아들 덕에 단풍놀이 잘 하고
도토리묵도 잘 먹었다
어머니, 내년에도 단풍놀이 꼭 같이 가요
어머니

하짓날 쑥을 뜯다

하짓날
산에 올라
아내가 쑥을 뜯는다

지난봄 쑥절편 먹고
입맛 돌았다는 언니

유월 약 오른 쑥이 약 될까
땀 줄줄 흘리며 쑥을 뜯는다

반지르르한 쑥절편에
가냘픈 언니가 시나브로 어린다

버스 편에 떡을 부치고
돌아서는 아내
옆모습이 예쁘다

가을 강에서

깊이만큼 고요히 흐르는 강
가을 강을 보네

저기 물속 고향 집에도
봄이 오고 여름, 가을이 오고
눈 내리는 겨울이 오는가

굉음 속에서 찍혀 나오던
석탄 가루 날리는 연탄 공장과
고무공 차며 뛰놀던 초등학교 운동장과
봄마다 소풍 다니던 시루섬은
어디로 갔을까

앞산 단풍나무 곱게 품은 채
가을 강은 고요히 흐르고
흑백사진 같은 내 유년의 추억은
가슴 속에 남아 고요히 잠기네

각시원추리꽃

장맛비에 흠씬 젖은 금적산
속살을 헤집고 산등성이 오르면
허름한 무덤 하나가 좁은 산길을 막아선다
길이 없음으로 무덤 가장자리를 돌다가
빗물에 젖어 살짝 기울어진 채 피어 있는
각시원추리꽃을 보았다
무덤 주인은 무슨 슬픈 사연이 있어
샛노란 각시원추리꽃을 피워놓고
나그네의 눈길을 붙잡는 것일까
하염없이 누구를 기다리는 것은 아닐까
산길을 내려가다 뒤돌아보면
각시원추리꽃은 등불처럼 환하게
무덤을 비추고 있다

무심히 내리는 장맛비 소리를 듣는 저녁
삼삼하게 떠오르는
금적산 꼭대기 무덤가에 외로이 핀
각시원추리꽃 한 송이

하루를 여행한다는 것

버스 타고 병원 가는데
내리는 문 안쪽에
붓글씨 흘림체로 쓴 문구가 보인다

'하루를 즐겁게 여행하세요'

버스에서 내려
병원으로 걸어가면서
운전기사의 복된 그 문구를
자꾸 되뇌어보다 알았다

신은 오늘 내가
버스 타고 달리고
병원까지 걸어다니고
집으로 돌아갈 수 있다는 것이
얼마나 행복한 하루인지
얼마나 행복한 삶의 여행인지를

구름은 몰린다

아웃렛 할인 코너에
손님이 몰려와 옷을 고른다

어릴 적 우시장 모퉁이에서
장돌뱅이 약장수가 판을 벌이면
구경꾼이 구름처럼 몰렸다
호리병에 담긴 만병통치약
사람을 혹 끄는 말솜씨
차력사가 나와
솜방망이 빙빙 돌리며 불쇼 할 때
만병통치약은 불티나게 팔렸다

차력사도 불쇼도 없는 아웃렛 할인 코너
세일 안내판 아래서
눈에 불 켜고 옷을 고른다

김영갑 갤러리 두모악

변화무쌍한 제주 날씨를 보여주듯
중산간 마을에도
두모악에도
비가 내립니다

비에 젖은 정원을 걸어
갤러리 문을 두드립니다
전시실 TV 화면에서
생전에 보지 못한 그를,
제주의 오름과 나무와 구름과
바람과 바다와 섬을
온몸으로 사랑한 아티스트를 만납니다

정원을 나와 뒤돌아보면
무심히 비는 내리고
빗속에 묻힌 두모악은
잔상처럼 가슴 속에 새겨집니다

이으

괴산 가는 길
시골 농가 담장에
의문의 글씨가 쓰여 있다

연한 회색 긴 담에
검은 고딕체 글씨로
커다랗게 쓰여 있는 두 글자
'이으'

왜 '이으'일까
점이 밖으로 붙어 아으도 아니고
안으로 붙어 어으도 아닌 것이
아무리 불러봐도
그저 가을무처럼 밋밋한 '이으'라니

의문은 의문을 이어갔지만
담장 너머 허술한 황톳집과
그 집에 사는 사람들의 사연을
캐묻지 않기로 했다

눈에 보이는 대로
그냥 '이으'라고 불러보고
자꾸 읊조리다가
상상의 나래를 펴고
가볍게 날아보는 것
그게 시니까

가을이 오면

그대 오시려나
긴긴 장마 지나가고
구절초 피어나는
가을이 오면

그대 오시려나
찰거머리 같은 열대야 사라지고
싱그런 바람 부는
가을이 오면

그대 떠난 날처럼
달빛 서럽게 떨리는 밤
창가의 먼지는 외로움으로 쌓이고
서늘한 내 가슴은 단풍으로 물드는데

그대 꿈처럼 오시려나
가을이 오면

별안간

나 누구인지
어디서 왔는지
궁금할 때 있지

나 누구를 사랑했고
그 사랑 간절히
간절히 바란 적 있는지

나 어느 날 죽음 앞에서
이 세상 떠나
어디로 가야 하는지

나 오늘 살아 있으매
지금 여기서
어찌 살아야 하는지
궁금할 때 있지

별안간

고은 삼거리에서

단풍잎 날리는 고은 삼거리에
산책 나온 노부부가 걸어간다
둥근 등산모 쓰고
남편은 앞에
아내는 뒤에 서서
등산 스틱 하나를 나란히 붙잡고 간다

나도 저 부부처럼 늙어가면 좋겠다
인생의 긴 막대기를 앞뒤로 잡고
밀고 끌면서
발걸음도 맞추며
느리지만 정답게 걸어가는 것이
얼마나 큰 행복일까

노부부는 고은 삼거리를 돌아
무심천 둑 아래
산책로 따라 걸어간다
점점 멀어지다가 한몸이 되어 걸어가고
강변 갈대밭에는
붉은 노을이 깔리고 있다

추소리

추소리, 추소리 부르면
갈잎처럼 흩어져 날리는
가을 햇살들

햇살 스민 대청호 물결 위에
섬 아닌 섬이 되어 떠 있는
조그만 가을 산들

이름 없는 섬을 지나
황토물 일렁이는 물가
한아름 그물을 끌어안고
갈바람에 흔들리는
고깃배 하나

아스라이 보이는 곳

눈을 감고
추소리, 추소리 부르면
은근슬쩍 다가와
가슴에 안기는
가을 추소리

내일 뵙겠다는 말

카톡에 뜬 반가운 말
내일 뵙겠다는 말
참 좋은 말이지요

누구를 만난다는 것
얼굴을 마주 본다는 것은
얼마나 귀한 인연인가요

친구여!
내일 봅시다

고구마를 엿보다

중양절날
고구마를 캔다

고구마 줄기를 자르고
덩굴을 둘둘 말아 걷고
검은 비닐까지 벗겨내자
맨살의 밭이랑이 환하다

호미를 댈 때
부스스 흘러내린 황토 속에서
수줍은 새악시 같은
자주색 몸통이 드러난다

줄기째 뽑아 올리는데
앙증맞은 꼬랑이까지 달려나오고
그 꼬랑이를 떼어 입에 넣었다
가을의 선물이 성체처럼
목으로 스며들었다

달다

여름과 가을 사이

아파트 보도블록에 떨어진
매미 한 마리
땅속 긴 세월 안타까워
여름 한 철 목청껏 울다가
빛바랜 잎새처럼 떨어졌나

가을이 오면
가을 같은 내 인생 길목에서
마무리는 어찌할까 생각하며
그 매미
느티나무 아래 화단으로 옮겨주었다
느릿느릿
느티나무 밑둥을 오르는 매미
여름이 멀어져 간다

태풍 지나간 산정에서
너에게 띄우는 편지

금적산 꼭대기

햇살 스미는 너럭바위 위에

반지르르한 도토리 하나가

툭 떨어졌어

가을이야

추수감사절

죄 한 짐 짊어지고
주님의 집으로 갑니다

주님께서는
죗값을 치르기보다
오로지 사랑으로 살아라 하십니다

사랑 한 짐 짊어지고
주님의 집을 나섭니다

문밖에는
끝없는 광야가 펼쳐집니다

여름이 떠날 무렵

그해 여름
태풍이 몇 차례 지나간
8월의 마지막 날
커피숍에서 그녀를 처음 만났다

만나고 3개월 만에
살림을 차린 그녀가
"아침에 빵 먹어도 되나요?"
시어머니가 들으면 경천동지할 말을
일터에 나가는 남편에게 빵
힘도 못 쓸 빵이라니
묵묵부답 버틴 나는
꼬박꼬박 밥을 먹었다

30년이 흐르고
다시 8월의 마지막 날
우렁각시처럼
안방에서 사뿐히 나온 그녀가
"빵 드실래요?"

고즈넉한 아침 식탁에서
중년 부부가 마주 보고 웃는다

추풍령에서

추풍령 고개로 장맛비 넘어가고

잿빛 구름 가득한 하늘가

구름과 구름 사이 하늘문 열리면

저 멀리 현현하는 쪽빛 궁창에

어린양 같은 순백의 구름 한 점

꿈길처럼 두둥실 홀로 떠가네

백제관음상

가을빛으로 물드는 법륭사
소나무 가로수길 걸어 남대문 지나 금당 지나
백제관음당에 닿았는데
어둠 속에서 섬광처럼 드러나는
오! 백제관음이여
미소 띤 얼굴 신비하네
왼손에 정병 쥐고
오른손은 구원의 손길 펼치고
물결처럼 흐르는 옷자락 끝에
살포시 두 발을 보여주시네
불꽃 같은 광배는 관음의 세상으로 활활 타오르고 있네
천사백 년 진 어느 백제인이
팔등신 몸매의 관음상을 만든 것일까
무거운 발걸음으로 남대문을 나설 때
다시 보고 싶은 마음 굴뚝같네
법륭사는 가을빛으로
가을빛으로 물드는데

무릉에서 도원으로

사람의 시간은 가을을 흐르고
햇살 스미는 탁자 위에
오규원 시인의 무릉일기
'가슴이 붉은 딱새'가 놓여있습니다

새벽안개가 강을 지우고
강가 잔돌도 지우고
강둑까지 올라와 시인을 지웁니다
안개 속에서 관음사 종소리가 적막을 깨고
아침 햇살에 서서히 사라지는 안개
동쪽에서 서쪽으로 흐르는 주천강이 보이고
강변에는 무릉의 끄트머리 외딴집
시인의 집이 보입니다
작은 책상에는 몇 권의 시집과
조주록과 세잔느의 도록이 놓여 있고
쇠잔해져 가는 앞뜰의 잔디와 오래된 잣나무에
엷은 양광이 깔립니다
강 건너 서산 너머 도원으로 가는 길은
꾸불꾸불 보이다가 사라지는 길입니다
적막강산에 힘겹게 시간을 살던 시인은
어디로 떠난 걸까요

새가 되어 새벽하늘로 날아간 것은 아닐까요

창밖을 보는데
벚나무와 느티나무 잎새가 바람에 와르르 쏟아집니다
사람의 시간은 가을 속으로 떠나갑니다

빈 제비집은 쓸쓸하다

중천에 해가
낮의 길이를 길게 길게 늘리는
하지의 여름날

시골 추어탕 집에서
뜨끈한 추어탕을 먹고 나오는데
발밑에 새똥이 낭자하다

허름한 처마 밑 제비집에
이소가 가까운지
몸집을 제법 키운 새끼 제비 오 형제가
초롱초롱한 눈망울을 굴리며
어미를 기다리고 있다

조만간 새끼 제비들은
둥지를 떠나 홀로 사는 법을 배우고
강남으로 떠날 것이다

요즘 꿈에
내 아이들 어렸을 적
새끼 제비 같은 모습이 종종 보인다
이제 둥지를 떠날 때가 된 것이다

이별을 준비한 것처럼 말하지만
실은 잎새 떨구며 서 있는 왕벚나무처럼
벌써 나는 쓸쓸하다

가을이 멀지 않다

3부

겨울 풍경화 속으로

헌책방

중앙시장 모퉁이에
보물섬처럼 헌책방 하나 있다
먼지 뽀얀 벽걸이 선풍기 아래서 주인장이
미닫이문 열고 이따금 오는 손님을
미소로 맞아주고
삐뚤삐뚤 걸려 있는 나무책장의 책에서
세월의 향기가 나온다

어렵게 살던 삼사십 년 전
문지방이 닳도록 드나들던 학생
지금은 구경하기 힘든 시절이라고
그래도 하루 꼭 네 시간은 골목을 뒤져
헌책 수집에 나선다는 주인장
겨울날 홀연히 세상을 떠나
책방은 셔터가 내려진 채 침묵이 흐른다

동화책 그림처럼 눈이 내리고
내가 책 고르고 있을 때
주인장이 골방에 앉아 TV를 보다가
사는 이야기를 툭 던질 것 같은
그리운 헌책방 보문서점

겨울 풍경화

밤새 눈 내린 공원을 걷는다
눈이 소복 쌓인 나무 벤치 위에
'사랑해' 라고 씌어 있다

누가 써놓았을까
'사랑해'
읽는 순간
가슴 속 사랑의 불씨가 살아난다
마음이 따스해지고
세상이 환해진다

잊고 있던 사랑이란 말
처음 글 배운 아이처럼
눈밭에 쓴다
'사랑해'

겨울 풍경화 2

겨울밤
서해안에 내리기 시작한 눈이
충청도 땅에도 내리고 있다

눈 오는 풍경을 한참 내다보다
잠이 들고
꿈속에서 시를 쓰면서 나는
문장을 눈덩이처럼 이리저리 굴려보는데
잠 못 이루는 중년의 아내가
새벽녘 침실로 들어와 돌아눕는다
잠결에 아내의 젖가슴을 만져본다
뭉클하다

밤새 눈은 내리고

꿈속의 시는 미완성으로 남은 채
날이 밝아오고
아침 풍경을 찬찬히 살피다가
공손히 한 문장 받아 쓴다

밤새 송이송이 내려 쌓인 눈
장독 위에 봉긋이 쌓인 눈을 보는데
뭉클하다

까치설날

육십 고개 넘어가는
섣달 그믐날

어머니 뵙고 돌아오다가
하늘을 보는데
해 질 녘 풍경이 장관이다
해에서 이륙한 수백 대의 전투기가 지나간 것처럼
비행운 펼쳐지고
구름과 구름 사이
무지개꽃 피었다
(석양의 모습이
이렇게 아름다울 수 있다니)

절망보다 희망을 품고
육십 고개 넘어가는
섣달 그믐날

도청 사거리에서

도청 정문쪽으로
도열하듯 서 있는 마로니에
마른 열매와 잎새가
찬바람에 떨고 있다

하늘엔
정월 초닷새 초승달이 떠있고
도청 정원의 육각정 기와지붕엔
눈이 소복이 얹혀있다

도청 사거리 한 모퉁이
아내가 승학생 때 보았다는 가게
형통슈퍼가 있다

사거리 정류장
버스에서 내린 새침떼기 여중생이
형통슈퍼를 지나 육거리 쪽으로
단발머리 찰랑거리며 걸어간다
사거리에서 아스라이 멀어져간다

어머니

어머니와 아침 식탁에 마주 앉았다
"어머니! 내일 막내 누나 회갑잔치에 가셔야죠"
"막내가 벌써 회갑이냐? 내가 너무 오래 살았구나"

뼈대 있는 광산 김씨 가문에서
가난한 초등학교 선생에게 시집온 어머니는
줄줄이 팔 남매 낳으시고
허구한 날 이사 다니며 살다 보니
구십 평생

미용실에서 머리 염색하신 어머니께
"회갑 잔치하셔야겠어요"
수줍게 웃음 짓는
함박꽃 같은 어머니
억만 겹 인연으로 만난 사이
사랑해요 엄마!

요양병원에서

한여름
화장실에서 쓰러지신 어머니가
고관절 골절로 입원하고 6개월

일반병실과 중환자실을 오가며
죽음의 문턱을 수차례 넘나들고

경자년 정월 초나흘
일반병실에서 94세 생일을 맞으신 어머니
케익에 촛불 네 개를 거뜬히 *끄*시고
한말씀 하신다

엄마는 쨍하게 웃으며 갈 거야

시인은 떠나고

진주 남강에 눈이 내리네
눈이 내려도
시인은 돌아오지 않네

남강시편을 남기고
홀연히 독일로 떠나
모국어로 시를 쓰며 살던 시인의 부음이
두 대륙 넘어
낙엽처럼 쓸쓸히 날아온 지난가을
54년의 짧은 생애를 접고
혼자 가는 먼 집으로*
혼자 가는 먼 길을 떠났네

진주 남강에 눈이 내리네
눈이 내려도
시인은 돌아오지 않고
시만 남아
참혹한 슬픔을 달래고 있네

*혼자 가는 먼 집: 허수경 시인의 시집

무료 급식소

칼바람이 부는 효성병원 앞에
줄 서 있는 어르신들
점심 한 끼를 때우기 위한
오열 종대가 착하다
얼어들어가는 얼굴을 목도리로 감싸고
움푹 팬 눈만 반짝이며
더러는 종이박스에 앉아
차례를 기다리고 있다

병원 건물 옆 콘크리트 바닥에 비닐 막을 친
무료 급식소 나무 벤치에 앉아
쌀밥과 따끈한 국으로 몸과 마음을 녹인 어르신
이 봐! 내일은 어디?
수동복지관, 거기서 봐
두 어르신이 콧김을 뿜으며
쓸쓸히 돌아선다

겨울나무와 잎새

겨울 어느 날 카페에서 만난 시인이
화두처럼 던진다
이 동짓달에 창밖 저 느티나무는 어찌 잎이 무성한가

세월이 변해서?
온난화 때문에?
나무가 추울까 봐?
그래, 눈보라 서린 냉기 온몸으로 견디다
새싹 밀고 오를 때쯤
떠나려는 것

나도 그랬으면
저 잎새처럼 엄동설한에도 치열하게 살다가
봄비 내릴 때 홀연히 떠났으면

동짓날

동짓날
짧은 해는 사라지고
사람들 분주히 집으로 돌아가는 저녁
가로등 불빛에 흰 눈이 날릴 때
광장 모퉁이 죽집엔
양은솥 가득
팥죽이 끓고 있었다

어떤 질문

서슬 퍼런 조선 말기
문초 관리가
붙잡혀 온 죄 없는 죄인에게 묻는다
당신이 천주교인이요?

아니요 하면 살 터인데
거침없이 그렇다고
죽음을 자초하는 응답을 한다
나는 천주교인이요

200여 년이 흐른 지금
신앙의 후예로 사는 내게
시시때때로
가슴을 꿰뚫 듯 들려오는 소리

당신이 천주교인이요?

입추

망골공원 초입
그늘막 옆 회화나무
꽃이 지고 있다

뜨거운 여름날의 추억도
회화나무 흰연두 꽃처럼
툭툭 떨어져 쌓이고

저만치 공원 끝으로
은근슬쩍 다가오는
가을

겨울 풍경화 3

한적한 삼동의 오후

창밖엔 간밤에 내려 쌓인
빛살 피는 눈
햇볕 드는 베란다엔
꽃피는 제라늄

안팎으로 펼쳐진
겨울 풍경화

겨울 풍경화 4

창밖 풍경이 흔들린다

삼동 찬 하늘에 떠가는 흰 구름
잎새 하나 없는 왕벚나무 빈 가지들
공원 사거리 쇠기둥에 매달린 신호등

바람에 풍경이 흔들린다

속절없이 속절없이
나도 흔들린다

마지막 연수

수원행 버스를 타고 회사 연수원으로 간다
그린 라이프 연수
퇴직이 가까운 직원에게 집체교육을 하는 것이다
노티 나는 선배를 알아보는지
거수경례하는 청경을 지나 도착한 연수원은
여름 숲에 가려진 채 절집처럼 고요하다

언제나 부담으로 다가오는 자기소개가 끝나고
외부 강사의 강의가 시작된다
뜬그름 잡는 강의는 귀에 겉돌고
눈은 비 내리는 창밖으로 나간다
정원에는 느티나무와 회화나무와 단풍나무가
30여 년 내 근무연수만큼 자라
창가에 닿은 촉촉한 가지를 흔들며
인사를 한다

연수가 끝나고
입적부처럼 놓여 있는 퇴소 서명지에 이름을 쓴다
연수원 정원을 한 바퀴 돌고 나오는데
숙소동 앞에 능소화나무가
꽃우산 펼치고
붉은 눈물을 뚝뚝 떨어뜨리고 있다

2021년을 보내며

사무실 벽에 걸린 달력에
단 하루만 남아 있는 날
종무식 대신 나눠 준 식권으로
뒷골목 식당에서 국밥 한 그릇 먹고
오래된 습관처럼 포장 커피를 샀다

돌아보면 올해도 마스크 없이 살지 못했고
언론에서는 연일 코로나19 확진자가
오천 명이 넘었다고
사람과 사람 사이 거리를 두라고
떠들어댄다

인류의 위기를 아는지 모르는지
회사 정원의 키 큰 메타세쿼이아 나무는
층층이 마른 잎을 죄다 벗어버리고
까치집 빈 둥지만 품은 채
우두커니 서 있다

메타세쿼이아 나무 아래서
포장 커피를 마시는
한적한 오후
코로나 시대 두 번째 해가
어느새 멀리 떠나고 있다

눈 속의 시

도서관 뜨락에
함박눈이 내린다
자작나무와 자작나무 사이
소복이 쌓인 눈 위에 시라고 쓰면서
자작자작 중얼거린다
시 몇 편 못 쓰고 한 해가 가네
눈 속에 누운 시가 말한다
다작이 무슨 소용인가
단 한 편이라도 제대로 써 다오
한 생이 가기 전에

눈 속의 시를 지우고
눈길을 걸어간다
끝끝내 시가 따라온다

여의도에서 길을 잃다

강변에 새벽안개가 일어
시야를 지워버린다
여의도동 18번지

쳇바퀴 돌듯 달려온 나의 길과
무수한 날이 안갯속에 잠기고
어디로 가야 할지
갈피를 잡을 수 없다

여의도에서 길을 잃었다

암전 후 조명이 켜지듯
아침 해에 안개 사라지면
무대 밖에는 새로운 이정표와 길이 보이고
길가에는 구절초꽃이 피어 있을 것이다
미련일랑 버리고 그 길로 떠나리라

여의도동 18번지여, 안녕

4부

다시 봄을 기다리며

느티나무에 사랑꽃 피다

연초록 잎을 틔운
상가 앞 느티나무
눈높이 묵은 가지에
꽃 한 송이 피어 있다

오래된 베인 상처가
고은 흙으로 덮이고
홀로 피어난
채송화 한 송이

4월 초록의 느티나무에
사랑꽃이 피었다

인연

억겁의 세월 지나
지구별에서 옷깃만 스쳐도 얼마나 큰 인연이냐고
지금 곁에 있는 사람과
가슴에 있는 사람을 생각하라고
라디오가 말한다

곁에 있는 사람
가슴에 있는 사람
삼십 년을 살아준 아내와
품에서 자라는 천사 같은 아이들

눈물이 질기다
끊어질 수 없는 인연
아버지

레스토랑과 시

길게 줄 늘어 선 레스토랑
맛있는 음식이 나올 것 같은 레스토랑
줄 서 기다리는데
주방 입구에 쓰여 있는 문구가
눈길을 잡아당긴다

"화려하고 복잡한 걸작을 요리할 필요는 없다
다만 신선한 재료로 좋은 음식을 요리하라"*

나는 언제 신선한 언어로
좋은 시를 낳을 수 있을까

*빌라 디 쉐프 레스토랑의 문구

프리지아꽃

춘분날
구내식당에서 아침을 먹는다
식탁에 프리지아꽃이 담긴 유리 화병이 있어
식당은 벙글대고
꽃밥에 화색이 도는 얼굴들

프리지아꽃은
그대로 노오란 봄이다

하이파이브

가로수 느티나무의 어린 잎새가
그늘을 늘려가는 사월
아침 버스 타고 출근하는데
창밖 초등학교 입구에서 선생님이
종, 종, 종, 등교하는 아이들과
하이파이브 하고 있다
코흘리개 아이도 고사리손을 내밀어
수줍게 마주친다

손과 손이 마주칠 때
튀어 오르는 빛살
조팝꽃잎 웃듯 한다
나도 문득
일터에서 하이파이브 하고 싶다
너도 나도 손을 들어
하이파이브

청바지

아내를 졸라 청바지 하나 샀다
(나이 먹어서 웬 청바지 타령이람)

중년의 나이에 청바지가 생겼다
(나도 이제 젊게 살 거야)

멋지게 청바지 입고 버스를 탔다
옆자리에 젊은 처자가 앉는다
(힐끗 쳐다보니 청바지를 입고 있다)

그녀는 연한 색 청바지
나는 진한 색 청바지
(나란히 청바지 입은 모양이 보기 좋다)

차창 밖 풍경이 두근두근 스쳐 간다
(늙어가는 몸 젊어가는 마음)

코로나19와 동그라미 구름과 일출

어제는 남쪽 하늘에
동그라미 구름을
오늘은 동쪽 하늘에
파스텔 그림 같은 일출을
그 누가
그려 놓았나?

코로나 시대에
입은 열지 못 해도
마음만은 활짝 열라고
그려놓은 것은 아닐까?

비올라와 기타

예술의 전당 콘서트홀에서
발라드 공연을 본다

깁스한 다리를 절뚝이며 나온
천재 비올리스트 리처드 용재 오닐과
투병 생활을 마치고 나온
천재 기타리스트 무라지 카오리

정적을 깨는
비올라와 기타의 선율은
천상의 하모니로 피어난다

눈 감고 듣다가
꿈결 같은 선율을 타고
새가 되어 날아오른다
하늘로 날아올라
원색의 초원을 지나 산 넘어
푸른 바다 위를 비행한다

연주회가 끝나고
음악 여행도 멈췄지만
천상의 연주는 내 가슴 속에서
심연의 물결처럼
문득 일렁이는 것이다

사라진 메타세쿼이아 나무

봄이 오면서
아파트 동과 동 사이에서 키를 뽑아 올리던
메타세쿼이아 나무가 사라졌다
20년 생애가 단칼에 베어졌다
허공을 채우던 자리가 사라지고
다시 허공으로 남은 자리
나이테 드러난 밑동엔
생살 같은 톱밥만이
허무한 삶을 보여주는
아픈
봄

바위섬

푸른 그리움이 넘실대는 바다
바위섬 하나 품고 있다
동해 수평선에 해 떠오르면
붉은 옷 갈아입고

둥근 달 떠오르면
어스름 달빛으로 물드는

파도가 하얗게 포말로 부서질 때
바다의 눈처럼 빛나는

달빛 프로방스

그리운 고향 나일강을 꿈꾸다
집 안 가득 퍼지는 커피향에 눈뜨는*
파피루스와
파피루스 곁에서 커피를 내리다
시 쓰는 사람을 만났다고
커피와 빵과 시집을 내오는
털보 시인이
동화처럼 사는 곳

달빛 흐르는
맑은 날 밤이면 생각나는
황간 어디쯤
월류봉이 보이는 언덕 이층집
달빛 프로방스

*박화배 시인의 시를 참고했다.

아이들꽃

미원 가다가 병암리 지날 때
창밖 가덕초등학교 정문에 걸린
현수막 하나를 보았네

거기에는 코로나19 때문에
오래도록 만나지 못한 아이들에게
선생님이 건네는
짧지만 긴 인사말이 쓰여 있네

'너희는 학교의 꽃이야, 건강하게 만나자'

일순간 지나친
학교의 텅 빈 교정을 뒤돌아보는데
왠지 내 가슴이 먹먹해지네

왕벚나무

우숫날
혹독한 겨울을 살아낸
왕벚나무가 울고 있다

톱날에 잘린 나뭇가지는
맥없이 보도블록에 나뒹굴고
맨살의 나무 밑동 아래
눈물 같은 톱밥만 낭자하다

벚꽃도
열매도
한여름의 그늘도
가을날의 단풍도 모두 사라진
아파트 뜨락에 왕벚나무
베어진 왕벚나무가
서럽게 울고 있다

아, 봄
봄은 오는데

사랑한다는 말

출장 다녀오는 길
경부고속도로 옥천 지날 때
길가 현수막 하나가 눈에 띈다.

'가족에게 사랑한다고 말해주세요'

곰곰 생각하다가
핸드폰 가족 카톡방을 열고
몇 자 적어 보낸다

당신, 사랑해요
아들, 딸, 사랑해

뜬금없이 문자를 보내고
겸연쩍게 앉아 있는데
카톡이 울렸다

여보, 사랑해요
아빠, 사랑해

한순간 가슴이 따뜻해진다
힘이 솟는다

돌장승

이정골 삼거리에
우뚝 선 돌장승 하나 있다
움푹 팬 눈매에
광대뼈 도드라진
심술궂은 할머니 같은 이 선돌을
마을에선 선돌멩이라 부르고
따지기 좋아하는 사람은
청주 순치명 석조여래좌상이라 부른다

아무려면 어떠랴

이정골 돌장승은 오늘도
해 질 녘 황금색 갑옷을 걸쳐 입고
이마에 백호를 거느리고
수호신처럼 마을을 지키고 섰다

은방울꽃

추풍령 운수봉 중턱
무인중계소 울타리 밖에
한 무리 은방울꽃이
마른 잎새와 꽃대를
산비탈 아래쪽으로 나란히 눕혀 놓고
긴긴 겨울을 견디고 있다

지난봄
비 내리던 날
빗방울 송송 머금고
순백의 종을 흔들던
그 꽃을 떠올리며 나는
등에 걸친 가시덤불을 잘라주었다

다시 꽃필 5월이 멀지 않다

코로나19와 마스크

검정 마스크

4월의 풋풋한 햇살이 넘실대는 2층 사무실 창가
블라인드 끄트머리에 거꾸로 구부러진 옷걸이가 걸
려있고
옷걸이 양쪽에는 검정 마스크가 매달린 채
일광욕을 하고 있다

역병

우한에서 출발해 지구촌 곳곳을 누비며
보이지 않고 소리 소문도 없이 사람을 해치는 코로
나19
이웃나라 일본의 확진자 수가
우리나라를 추월해 앞서갔다고 한다

마스크 사는 날

1959년생이 마스크를 살 수 있는 목요일이면
나는 출근길에 회사 앞 햇살약국으로 간다
출근 도장 찍듯이 주민증을 내밀고
KF94 마스크 두 장을 산다

흰나비 날다

칸칸이 나뉜 사무실 책상 앞에서
코로나19를 막아보겠다고
너도나도 마스크 쓴 얼굴을 마주 보는데
창밖에 흰나비 한 마리 날아간다
유유히 사무실을 지나
흰 꽃 만발한 돌배나무 쪽으로 날아간다
나도 껍딱지 같은 마스크 없이 어디라도 가고 싶다
흰나비처럼

엠마오 가는 길에서

2천 년 전
엠마오로 가는 길
두 제자와 걸어가신 그 길을
지금 따라가오니
주님, 한 말씀만 하소서
제 가슴이 뜨거워지리이다

엠마오의 가난한 식탁에서
두 제자에게 빵을 떼어 주신 것처럼
저에게 말씀의 빵 한 조각을 떼어 주소서
제가 곧 나으리이다

나그네 다방

나지막한 고개를 넘으면
고갯마루 끝에 보이는
그 다방

문 열고 들어서면
충청도와 경상도 사투리가
구수하게 섞여 들리고
원두커피 갈아 넣은 찻잔에
난로 위 주전자 물을 붓고
설탕 두 세 스푼 저어줄 때
뽀얀 김이 나그네 얼굴에 기어오르고
서글픈 주풍령 노래가
낡은 스피커에서 흘러나올 것만 같은데

오랜 시간의 무게로
빛바랜 간판만 매달린
아무도 오지 않는
추풍령 삼거리 그 다방
나그네 다방

쌍암지에서

아까시꽃 날리는 오월 봄날
저수지에 낚싯대 펼치고
찌를 바라본다
빛바랜 아까시꽃 물결 따라 떠다니고
말뚝처럼 미동도 없는 찌

아까시나무 그림자 길게 늘어져
심심한 눈길 떨구는데
떡밥 그릇 옆 개미 한 마리가
떡밥 쪼가리를 물고 간다
개미가 놀랄세라 고목처럼 꼼짝 않는 사이
제 몸만 한 떡밥 쪼가리를 밀며 끄는 개미

나는 붕어 한 수 올리지 못하는데
운수 좋은 개미는
일용할 양식을 낚는다

사직서

인사담당 여직원이
종이 한 장을 슬쩍 내밀었다

눈이 어두워지고
깨알 같은 글씨가 흐려졌다

볼펜을 넘겨주며
또렷하게 박혀있는
고딕체 이름 옆에 서명하라고
손짓을 한다

떠날 때다

쪽문을 나서다 뒤돌아 보았다
회사 정원의 메타세쿼이아 나무 꼭대기
집을 짓던 까치가
솟구쳐 올랐다

겨울 막바지였다

첫 인사

아들이 결혼할 아가씨를 데려왔다

'처음 인사드립니다
초대해 주셔서 감사합니다'
메모가 꽂힌 꽃다발을
예비 며느리가 아내에게 건네자
아내의 얼굴이 금세
달덩이처럼 환해진다

아들과 나란히 앉은
예비 며느리를 보는데
장벽 같은 울타리
우리집 마음의 울타리가
물안개처럼 무너져 내린다
무너진 울타리를 넘어
막 벙글어진 장미꽃이 사뿐히 들어왔다

식구가 늘었다
반갑다

마음을 펼치는
사랑의 노래

증재록
(한국문인협회 홍보위원)

마음을 펼치는 사랑의 노래
-『왕벚나무 그늘에서』

증재록

(한국문인협회 홍보위원)

1. 비늘처럼 반짝이며 오르는 시

나는 어디서 왔는가. 엄마와 아빠 아니 그것 말고, 그래 줄기와 줄기를 타고 오르고 오르는 봉과 봉 그리고 그사이 저기를 보라! 오르면 떨어지는 진리를 알려주는 맥과 맥의 낙가가 있고, 여기를 보라! 내리는 건 오르는 길목에서 땀을 흘리는 상당이 있다.

나는 지금 어디 서 있는가. 오르는 자리다. 바람도 들꽃을 흔들며 오른다. 비늘처럼 반짝이며 오르는 비오 김종룡 시인의 산과 맥과 골의 이야기가 반짝반짝 오르고 오른다. 저요! 저 ~저도 나도 사랑입니다. 사랑 그거 별건가. 좋아한다는 그거, 설렌다는 그거, 밤잠 안 온다는 그거, 시험 보는 거라고 방방 빵 앞에서 빵 두 개가 모이고 작대기를 하나 붙여 100점이라고 외치는 사랑도 있다. 오늘도 아리수와 비단수의 분수령에서 사랑을 봤다.

강변에서 해변에서 사랑은 거품이라며. 철썩철썩 깨지고 부서지지만 그게 오늘을 세우고 잊지 못하는 그리움도 된다. 빵빵 터지는 사랑. 이제 그 깊이를 알고 할 말을 시로 쓴다. 사랑이란? 햇빛 정, 어둠이 이어지는 삶의 바탕이라며 모두가 사랑으로 녹인다. 밀물과 썰물이 마주쳐 쉼 없이 오가는 해안에서 붉은 몸 사르는 햇몸이 일자로 눕는 수평선 저기까지 살살 녹는 혀가 입술을 문지르며 작은 초콜릿을 입에 넣어준다. 살살 바닷물은 위아래로 들락이고 석양은 불을 밝혀 들어서는 밤이 주춤거린다.

비늘처럼 반짝이며 바다와 하늘이 닿는 선에서 비상한다. 최고의 학문을 탐구한 석사로 공중을 날아 세계를 이어주는 기술사로 한 생 공익을 위해 묵묵히 열정을 피웠다. 이제 학창 시절 꿈이었던 시향을 피운다. 비오 시인의 고요한 심상이 날개를 달아 자기 발견으로 새 출발을 한다.

2. 겨울 풍경화를 그린 시인

맞추며 내달려 가는 시의 입 맞추기가 시상의 장으로 하나둘이 둥글다. 맞추기에서 시작이란 게 태어났을 거 맞춘다는 거 중심 잡기 걷고 달리고 젓고 잡기 마주보기 말맞추기 숨 쉬고 입 맞추기까지 보고픔과 그리움으로 내달린다. 한 편의 시에서 듣는 목소리가 한 시대의 표정을 그린다. 동그라미로 굴리고 입술을 적시고 무한의 자유 속에서 아름다움을 굴린다. 정과 정이 모여 빛을 그리는 서정의 공원에서 노랫가락을 만난다.

겨울이 머무는 공원 사거리
둥글게 접힌 그늘막 겉포장에
짧은 문장이 쓰여 있다

'따뜻한 봄이 오면
다시 펼쳐집니다'

아, 봄
봄이라는 말을 보는 순간
첩첩산중 숨었던 봄이
금세 달려올 것만 같다

봄날에
그늘막이 다시 펼쳐질 때
둥근 그늘막 아래 모인 사람들
다같이 마스크 없는 맨얼굴을
환한 얼굴을
마주 보면 좋겠다

-「봄날은 온다」 전문

젊음과 기쁨, 순수한 싹이 돋고 여린 바람에도 춤과 음악, 만상의 꽃과 싱싱한 색이 희망을 가득 채우고 생기를 날리는 봄, 봄의 부드러운 목청엔 가식이 없어서 행복을 준다. 동면을 깬 설레는 꿈은 몸으로 찾아와 신명 나게 내달린다. 봄은 관대하고 깊은 의미를 주는 희망이다. 봄을 구조의 이야기로 펼치지 않고 경험과 느낌으로 일상을 담아서 싱그러운 표정을 만나게 한다. 봄의 표정은 생동감이다.

깊이만큼 고요히 흐르는 강
가을 강을 보네

저기 물속 고향 집에도
봄이 오고 여름, 가을이 오고
눈 내리는 겨울이 오는가

굉음 속에서 찍혀 나오던
석탄 가루 날리는 연탄 공장과
고무공 차며 뛰놀던 초등학교 운동장과
봄마다 소풍 다니던 시루섬은
어디로 갔을까

앞산 단풍나무 곱게 품은 채
가을 강은 고요히 흐르고

흑백사진 같은 내 유년의 추억은
가슴 속에 남아 고요히 잠기네

-「가을 강에서」 전문

생명의 원천인 물은 질서와 조화를 알린다. 시작도 끝
도 물이다. 물은 구원이면서 홍수로 삶을 무너지게도 한
다. 물의 덕에 가까이 다가가는 신실함. 물이 깊을수록
고요히 흐르는 강물처럼 지혜로울수록 시심은 고요하다.
한 시절을 마무리하면서 곱게 물든 단풍나무의 고운 색
에 자신을 돌아보는 눈길에 흑백사진의 지난 추억이 줄
을 잇는다. 추억은 눈가를 촉촉 적시지만 충동하지 않고
고요하다. 물과 계절이 주는 능력과 진실의 깊이로 자신
을 돌아보게 한다.

밤새 눈 내린 공원을 걷는다
눈이 소복 쌓인 나무 벤치 위에
'사랑해'라고 씌어 있다

누가 써놓았을까
'사랑해'
읽는 순간
가슴 속 사랑의 불씨가 살아난다

마음이 따스해지고
세상이 환해진다

잊고 있던 사랑이란 말
처음 글 배운 아이처럼
눈밭에 쓴다
'사랑해'

-「겨울 풍경화」전문

이 시는 이미 포크(folk) 풍의 노래로 만들어져 불리고
있다. 옛날 생각이 난다는 그곳에 가면 그의 사랑을 만난
다. 서울의 지하철역인 광화문과 을지로4가 그리고 창동
역과 도봉산역에는 사시사철 겨울 풍경화가 있다. 종종
길음이시만 사랑과 추억만 있다면 오늘이 즐거우리라. 그
의 발걸음에는 사랑이 꽃핀다. 눈밭에 쓴 사랑이 오염과
오욕으로 녹아든다고 하여도 동심에 젖어 펼친 사랑은
백설처럼 뽀얗고 샘물처럼 영원히 솟는다. 삶의 중심 과
제인 사랑에는 아름다운 꽃이 피고 벌 나비가 춤을 춘다.
'사랑해' 그 한마디에 세상이 환해진다.

억겁의 세월 지나
지구별에서 옷깃만 스쳐도 얼마나 큰 인연이냐고

지금 곁에 있는 사람과
가슴에 있는 사람을 생각하라고
라디오가 말한다

곁에 있는 사람
가슴에 있는 사람
삼십 년을 살아준 아내와
품에서 자라는 천사 같은 아이들

눈물이 질기다
끊어질 수 없는 인연
아버지

-「인연」전문

　홀로는 못살아 그 깊이에는 인연이 줄을 친다. 사이와
사이의 연분에서부터 일거나 상황에서 맺어지는 관계까
지 잇고 이어서 지금을 숨 쉬게 한다. 인연이 있다면 이별
도 두렵지 않다. 거기엔 또 만난다는 기대가 있어서다. 만
나 이룬 가정에서 가족을 이루고 나를 탄생시킨 부모와
의 인연은 가슴을 아리게 하는 숙명이다. 곁에 있는 사랑,
가슴에 있는 사랑, 끊어질 수 없는 사랑이 내밀한 정서를
일으켜 따뜻하다.

3. 사랑의 추억을 찾아

천성이 그분처럼 자애로운 김종룡 시인은 독실한 천주교 신자로 세례명은 비오다. 또한 시단에서는 비늘처럼 반짝이며 오르리라는 기대로 필명 '비오'로도 불린다. 비상이란 말에 오늘이 소중하다는 말을 더하여 그의 손짓 하나가 지금을 울리고 웃긴다는 깊이에 이르면 더 할 말을 잊는 그 모두 사랑이리라.

이제 또다시 돌아가야 하는 그래서 뒷모습이 더 애틋함을 안겨 주는 그는 누구일까? 삶에는 옳고 그른 길이 있어서 바른 걸음걸이에서 눈은 밝다. 순한 사랑이 모여 연일 오르는 길목을 살펴보지만. 그 뜻을 깊이 새겨보는 길목은 높다락한 곳, 어느 날 그 자리에서 안개꽃을 한 아름 보내왔던 그날. 송이송이에 매달린 그의 잔잔한 미소가 고목에도 바위에도 진실이란 이름의 꽃을 피운다. 진땀에 젖어 목숨을 이어가던 고난이란 이름도 그에겐 하얀 천사가 돼서 날개를 달고 눈을 빛나게 한다. 꽃보다 더 향기 짙은 자리를 만든다.

비오 김종룡 시인의 시심엔 조용한 보고픔과 그리움이 있다. 물결에서 고요한 하늘을 보고 땅에서 구름을 만난다. 보이는 건 흘러가고 만나는 건 떠난다. 하늘에서 내린 비는 물결을 이루고 땅을 적신 비는 새싹을 틔우고 언제나 안개처럼 아련히 오르는 꽃봉오리 같은 미소, 그 안에 피는 꽃 얼마나 많은 벌과 나비가 모여들었을까? 반짝이는 비늘처럼 오르리라.

시인은 차분하고 진중한 믿음을 통하여 성령으로 충만을 기도한다. 서로와 서로의 사이에서 풍성한 만남을 축복한다. 그렇게 두 손을 모은 기도는 '비오'로 파장을 일구기도 한다. 돌아보면 무심하다는 개울이 고개 들고 외친 자랑이기도 하다. 바퀴를 굴리고 굴려 칸칸을 돌린다. 일상사로 디딘 발걸음을 반쯤 채워 내일을 예약하면서 다시 만나 원형을 찾아 돈다.

사랑을 열어 미래를 향하고 마음을 평화로 가득 채우는 시심 그 뜻으로 시를 쓰고 읊으며 내일을 위한 오늘을 다듬는다. 왕벚나무 그늘에서 은혜를 받은 비오 김종륭 시인의 신실한 시향을 맡는다.

왕벚나무 그늘에서

김종률 지음

발행처   도서출판 **청어**
발행인   이영철
영업   이동호
홍보   천성래
기획   남기환
편집   방세화
디자인   이수빈 | 김영은
제작이사 공병한
인쇄   두리터

등록   1999년 5월 3일
          (제321-3210000251001999000063호)

1판 1쇄 발행 2023년 8월 30일

주소   서울특별시 서초구 남부순환로 364길 8-15 동일빌딩 2층
대표전화 02-586-0477
팩시밀리 0303-0942-0478
홈페이지 www.chungeobook.com
E-mail   ppi20@hanmail.net

ISBN   979-11-6855-178-7(03810)

충청북도   충북문화재단

이 책은 충청북도 충북문화재단의 후원으로 2023 예술창작활동 지원사업
공모전 선정으로 지원받아 발간되었음.